いのちの帰趨

鎌田東二

港の人

いのちの帰趨　目次

カバー装画：「女の人（Woman）」岡元俊雄（やまなみ工房）

いのちの帰趨

いのちの帰趨

いのちの精霊にしていのちの肉体
いのちの容れ物
いのちを産み出す母なるもの
そこを通ってこの世に届く

母なるものを回路として
どこから送り出されるのか
そして　その回路をへて
どこに向かうのか
いのちの帰趨に果てはない

指先に告ぐ

指先に告ぐ
死期を悟らしめよ

天晴れて　月傾ぶける大文字
庵は朽ちて　草いきれ

天声人語は聞こゆれど
ただひたすらに　開けの明星
のうまくさまんだばだらだん
のうまくさまんだばだらだん

海月の島は今にも沈まんとして
最期の咆哮を上げている

ゆくりなくも　おっとり刀で駆けつける
さぶらいたちよ

汝ら騎士のちからもて
この腹裂きて　岩戸を開け
夢の彦星　産み出せよ
夢の姫星　産み出だせ

友在りて　天声人語を　聞かせれど
狂天慟地の　只中を往く

二〇二三年一月十七日五時四十六分
阪神大震災の起こった時間に大文字山を見上げながら記す

漂流船

引き渡しの罪を問うた途端
露が落ちた
ひとしずくの星とともに

還っていくところをうしない
行く当てもなくさまよう心

難民という英語のひとつが
ボートピープルというのは
悲しすぎる現実だ

だが　それ以上にかなしいのは
乗る船さえもない　という　現実

ボートは　ない
が　ピープルは　いる

ボートピープルが
海辺にも　山辺にも　街辺にも　押し寄せて
乗ることのできぬ船を待っている

けれど　乗ったとしても
行き先不明
どこに漂着するかわからない

漂流船

今　この地球そのものが
そんな　漂流船に　なっている

迷い

しかたがないの
令が言った
どうすることもできないのよ

そんなことはない
できることはある

あの手この手をくりだすのだ
あきらめるわけにはいかぬ

悪あがきでもよい
それが生き延びる道に辿り着く
その可能性をつくるのだ

巴投げの叫喚

巴投げの叫喚
アビダルマの本店を打ち破って
なけなしの借金を払う下宿人

もう一人のＩＴを装着して自己を失い得る
もはや自業自得はありえない
あらゆる事態が他交他得

ひのきしんに訊く
水のこころを

よう言うた
おまえの杜若
さみだれのワルツ

万華鏡の道徳

コンスタンツの君
いとをかしと崩れゆく
万華鏡の道徳

すべてはプリズム
組み合わせ

難破船

折に触れて想い出す　難破船
アラン群島の小島　イニシュア島に打ち上げられていた
痛々しいも崇高な難破船の残骸を

その寂寥きわまる単独者の神々しさ
あらゆるものを寄せつけぬ異物として
あらゆる調和をはじく異和の瘢痕として
あらゆる涙を吸いとるこの世の断崖として

そは　難破船

想い出せ
そのむかし　くらげなす島の
漂流の行方のその先に
ひとつの光と希望があって
輝く海を渡り来し民のありしことを

想い出せ
激烈に噴火する秀麗なる山ごと
鮮紅に裂けて
畏怖と震撼を生み出し
ひれ伏しながらもよろこびに打ち震えたことを

想い出せ
相馬はるけくわたらせの
野に咲く白百合に
うやうやしくも膝まづきしあしたを

ゆくりなくも　落ちのびて
見せたほほ笑み
刻まれし苛烈
惨酷なるしるしとみなす
おきて

はろばろと時は過ぎゆき
死の累積を重む

絶望の谷に下りて
救いの水を飲む

想い出せ
くらげなす島の漂流の行方を

想い出せ
くらげなす島の彼方に聳え立つ蒼穹を
その無限遠点の理不尽
愛の傷痕を

しばい

ひとっ走りにつんのめって
覗き込んだ淵
細胞と星屑が攪乱されて渦巻く深淵

遠いね
悉は言った
綺麗ね
今は応えた

道行きの向こうに
ひとふしの星林がある

「銀河鉄道」と看板があって
またたく星の電飾がせわしく立ちはたらいていた

どこへゆくの？
令が訊いた
そうだね、彼岸かな？
悉は答えた

彼岸とは色を超えた場所
界を越えたところ
形なき次元

そう
時も場所もなくなっていくんだね
見違えるほどのかなしみをかかえて

そらをとんでかえる

からす　なぜなくの？

うつせみの
うつくしみの
うかつだったあのころ

すべてのいのちにひかりのしずくがおちていて
何を見ても眩しかった

いとおしくも
いじらしくも
いかめしくもあって

みな　固有の回転軸の中で踊っていた

まるで　お芝居みたい
令が言った
さる芝居かな？　かみ芝居かな？

猿芝居でも　神芝居でも
賭け芝居でも　捨て芝居でも　闇芝居でもいいよ
これほどのおもしろい見世物はないさ

悉はひっそりと応えた

もう　その芝居も　見ることがない
けれども　その芝居が　終わることもない

いいね

ええ
ゆくよ
いきましょう

ブランカ

みかげ通りの木陰に白い家がある
ブランカという名の白い猫がいて
いつも道行く人を見守っている

人びとはそのまなざしにハッとする
こころの内を悟られたような
秘密の扉を開けられたような

しかしブランカのまなざしは何も語らない
ただ黙って見つめるだけ

そのまなこをきりりと開けて
ひたすら見つめている

道行く人はそれにより
見ることのちから
見ることのふかさ
まなざすことの永遠に触れる

そう
そのことによって
誰もが見る前に見られていることを知る
自分の前に大きな存在があることを知る

とりあえずの君

とりあえずの君にお伺いを立てた
必要なものは何でしょうか？

バナナ十本と白ウサギ

とりあえずの君は答えた

かしこまりました
なぜそれが必要なのかお答えくだされば幸いです
バナナ十本は十方世界への捧げもの

白ウサギは日月への使いである
畏れ多いことでございます
今この世界には三本のバナナもございません
そして白ウサギはいなくなってしまいました

とりあえずの君は言った

わかっておる
じゃから
とりあえずそれに代わるものを用意しろ

かしこまりました

こうして家来は
とりあえずの君に

バナナ十本と白ウサギに代わるものをうやうやしく用意した

うむ
仕方ない

とりあえずの君は
しかし
十方世界にも日月にも
捧げものもせず
使いも出さず
むしゃむしゃと自分で全部食べてしまった
後には残りかすさえ残らぬまでに

こうして
十方世界は飢え死にし

日月は光を届けなくなってしまった
とりあえずの君は
とりあえず滅んでしまったのである

雲水

雲が流れてゆく
自在に形を変えながら
雲は水に似ている
抵抗せずに自由自在に姿形を変えるから

雲は空の水である
そして水は大地の雲である

それらを組み合わせて　行雲流水
雲水は今日も往く
自由自在に　変幻自在に

しばい2　一人芝居

一人舞台を降りた

空っぽの観客席
風が吹いている
声が漂っている

一人であるが
多くの人生を演じてきた
残響の息吹きの声

いとおしくもあり

いじらしくもあり
いとおかしくもあり

ふとどきながら
あめつちにことほぎの齢を捧げ
眼に見えぬ神饌となって　飛ぶ

海峡がある
渦巻がある
帆船が見える
人びとが往来している

この世とは天地の中にあって
あめつちをつなぐいぶきをもって
一人芝居のそれぞれが
一人芝居の交差点で

懸命に
まことをつくし
一所懸命に
一生懸命に
一声懸命に
声を挙げる

この世とは
そのようないのちのゆらぎ
いぶきの交叉
声の交わり

一人舞台を降りて
階段を下りる

からっぽの観客席から

拍手喝采の見送りが聴こえてくる
ふりむきたくなるが
未練を残さず
まっすぐに次のステージに入ってゆく
次の
一人芝居の夢芝居にむかって

ときじく

凍りついた街角を曲がった途端
彗星の到来に遭遇した

周期する宇宙巡礼
余白は見えず
しかし　余裕たっぷり

大臣たちは討議した
ガス爆発する地球に未来はあるかどうか

科学者たちは進言した

データは終末
残り時間は30秒を切りました

が　有効な手立てを打てず
効果のない祈りが混乱に拍車をかけ
さまざまな思惑がもつれにもつれて
誰もが絶望の明日を見た

けれども　そんな中
子どもたちは元気に遊び
朝日を見上げ
夕日に見惚れ
風に吹かれて歌を歌った

収支決算は大赤字
自己破産のドミノ倒しではあるが

生き延びる力が試されつつも託された

凍てついた夜
街角に立って
銀河鉄道を待っている

ツーツーツー
ピーピーピー

応答せよ
応答せよ
応答せよ

通信は途切れがちだが
ゴドーを待つ
ゴドーも待つ

マヨルカ

黄昏のショパン
嗚咽をもらす井戸の中から
烏と蛙が飛び出した

みずすましの憂鬱に
溶けだしてゆく蝙蝠

港なのに入れない
手続き不能の難民と
道端で挨拶を交わす鷹

とどのつまりは
謝肉祭の犠牲者は誰か
マヨルカで訊いた

一振りの森のソナタに
遠吠えで応える狼よ

もはや取り返しのつかぬ連弾の攻撃波
響き渡るピアニッシモの雷鳴

沈黙を越えて海を渡るバラッド
どこまでも遠くまで行けるね
二人は手を取り合って身を投げた

白洲の海

白洲の海に香り立つ
かぐわしくもあまくあたたかな
巻貝が首をのばして聴いている
夜明けのうた

元始
ふるえる粒子がぶつかり合って
ふしぎな遭遇接近や反撥や融合を重ね
気の遠くなるような緻密なくりかえしののちに

配合の妙
元始細胞がうまれた

その元始の声が
どのいのちにもとどき
鳴り響いていいるために

〈生きとし生けるもの
　いづれか歌を　詠まざるける〉

おのずといのちの合唱が生れてくる

白洲の海に立つと
その声たちのレゾナンスのなかに
それぞれのいのちの微細な振動が
異なる周波数の熱情となって

伝わり合う

交歓
声を交し合うよろこび

どこまでものびいたって
すべてのいのちの宇宙のはてまで
しっかりととどく

多声の　異声の　個声の　合声の
無限合唱隊

白洲の海から出航するあらゆる船舶は
十方世界の涯てをめざして帆を上げる

おお　高波よ

白洲の海に香り立つ
元始の声の残響に
この耳ふるわせて傍受する

つたえよ　こえを
そのゆくえ
いのちのさきへと
かえりゆけ

鬼尽し

鬼ととも　立つ春迎え　峠越ゆ

大和路を　越えてゆくらむ　鬼影の
足跡を追う　こころなみだか

追いゆけど　み跡も消えし　鬼の里
　この世の痛み　背負いゆくもの

鬼尽し　彼岸此岸の　花うたげ

喪の作業

横なぐりの風
どしゃぶりの雨
すべてをなぎ倒す竜巻
あらゆるものひとをのみ尽くす津波
地上を覆うものすべてを焼き尽くしていく火

次から次へと押し寄せて
息つくひまもない
今ここの

だが　その中で　生きる

覚悟して生きる
受け止め　受け入れて　生きるほかない

何を覚悟するか？

いのちというものごとのしくみとふかみを
物事には荒魂も和魂もあり
そこにさらに幸魂も奇魂も加わり
あらゆる生成変化を
予測しがたい変幻自在の中で

翻弄されるようでありながら
めぐみを受けて
収奪も略奪もあって
身ぐるみ剥ぎ取られる痛みもあって

けれども
その痛みや苦しみすらもめぐみのなかにあって
めぐみとみのりとともにあって

すべてを受けて
すべてを容れて
しみじみと頭を垂れて
ふかぶかと身を伏して
手を合わす

ごめんなさい
ありがとう

ごめんなさい
ありがとう

悲今　方丈記

ゆく河の流れは絶えて
しかももとの水にあらず

よどみに浮かぶセシウムは
消ゆることなく汚染をつづけ
ひさしくとどまるためしあり

世の中にある人とすみか
追い追われて　ただ流浪あるのみ

たましきの都のうちに

棟を並べ　甍を争える　もろひとらの住まいも
今はむかし
残りし家すでになし

昔ありし家々も一つ残らず朽ち果てて
今は都も雛も廃墟となりにけり

大家滅びて小家となるどころではなく
大家滅びて小家も滅び
住みし人もこれと同じ

都も里もかつてはにぎわい　人いと多かれど
いにしへ見し人は　ひとりたりとてなし

朝に死に　夕べに生まるるが人の世のならひなれども
あしたに死に　夕べに死す

累々たるしかばねも風化せり

人　いづかたより来たりて　いづかたへか去る

生まれ生まれ生まれ生まれて生の始めに昏く
死に死に死に死に死んで死の終わりに冥しといえども

この世をば仮の宿りとせしゆえは
たがためにか心を悩まし
何によりてか目を喜ばしむる

そのすみかもあるじもみな無常塵風
朝顔の露と消えぬ

あるいは露落ちて花残りしといえども　いつしか朝日夕日に枯れ萎む

次なるあしたも　さらなるゆうべも　ひさしく待つことあらず

待ち人来たらず
待ち水来たらず
待ち　来たらず

言語道断　不生不滅の逆縁浄土なり

鬼しぐれ

この花折れ峠には　鬼しぐれが降るという
いつしか鬼に巻かれて物狂いの形相の中で
狂騒乱舞の暁に忽然と息絶ゆると云う
ある冬の朝まだき
わたしはゆっくりと峠道に歩を進めた
梅の香がほのかににおう
身を隠していた若芽がいつしかわが世の春と顔を出す

春爛漫とはいかぬが
奥床しくも春景色
こころゆくばかりに香も景も楽しむ

　この世をば　いとしきものと　おもえども
　　いのちらんまん　沓掛の道

と

にわかに時雨て来た

こりゃいかぬ
山の天気のふたごころ
おもいもかけぬ　絶世の
においたつような　花時雨

とは　のんきにうたっておらねぬ

不気味な様相

一天にわかにかき曇り
雷鳴とどろき　閃光走り
針刺すような氷雨なり

白くけぶれるしぐれ雪
身をふるわせて　痛み受く
はてなきさかいの　かそけさよ

この身を捧げて　引き潮の
戻る道なし　夕まぐれ
ただひたすらに　こいねがう

のうまくさまんだばだらだん
のうまくさまんだばだらだん

ここに降りたる鬼しぐれ
いかなるもののしわざなれ

どのみちわれは身を捧げ
この世の果てに旅ゆかむ

鬼なれ　神なれ　ものけなれ
この身を喰いて　生きなされ

われはひたすらつくすらむ
なにになにもかれにもつくすらむ

どのつらさげて　かえらりょか
いきつくとこまで　つれてゆけ

おお
なむ　かみほとけ
おお
なむなむ　かんほとけ

祈りか狂いかわからねど
いつしかしぐれはやみにけり
いつしかしぐれもやみにけり

峠の先に日が落ちて
峠の端に陽が墜ちて
真っ赤な夕映え立ち上がり
花折れ峠を染めにけり
花折れ吾を染めにけり

いとどなつかし花折れぞ

いともなつかし端折れぞ
この花折れ峠には　鬼しぐれが降るという
誰もが一度は通るという

夢路山のウサギとカメ

夢路山の月坂を登っていくと
ウサギとカメが立ち話をしているのに出逢った

ボクは足が速いんだよ
かけっこしようよ

わたしは足が遅いのよ
かけっこよりも歌合戦がいいわ

そうだなあ
両方やってみようか

ウサギはかけっこが速いが
カメは歌が上手

ふたりは競争よりも
共演することで
たがいを護り合った

笑い

笑いは　神さまが与えてくれた
もっとも人間らしい　めぐみである

笑いがあることで　今日一日をやりすごすことができる
笑いに出会うことで　明日を生きぬく活力を養うことができる

笑いは受容であり　許しである
笑いは愛であり　包容である

笑いは慈悲であり　勇気であり　希望である

もちろん
すべての笑いがそうであるわけではないが

しかし
それでも
笑いは　いのちであり　いぶきであり　朝日である

とどのつまり

とどのつまりは作付面積の引き落とし
引きずり降ろされた明細書の告白を
受け容れた代貸は殺された
維摩詰に成れずに

しかし　蓑に隠れた行き倒れの倒産屋に
葉隠和尚の闇金融が忍び込む
明日を待たずに差し違えるとは
とんだ林の濡れ戦さ

酔いどれ紫の大極殿に訊く
偽りの過去を詐称したのは誰か？

歴史はいつも捏造に継ぐ捏造だから
真実一路の君は生き通しの罪で裁かれる

もはや孤独という折紙も効かぬ
千羽織の初陣に
楯突く奴らの戸惑いを
訴えた頭《かしら》に面と向かって問うた

影武者を追い詰めたところで何になる？
もはや取り返しのつかぬ旅の行く方に
四方八方のトリフォニー
三位一体と乱味水神の黄沙と舞う

春

日に日に　明るみが早くなる

春だ
春だから

けさは　うぐいすか　ほととぎすか　何鳥かわからなかったが
まちがいなく　春の鳥の鳴き声が聴こえた
鷺森神社の拝殿の前で
それも異なる方向から　二羽

春だ
春だなあ

からだがほぐれる
からだもこころもほぐれて　とける

春のいぶきのなかに

春だ
春だよ
春だから
みもこころもたましいも　とんでゆくのだよ

よっしゃん

よっしゃんはいつもあさっての方を向いている
あさってというのは
どこか　よく分からない方向を見ている
という意味である

地域の人は彼のことをみな　よっしゃん　と呼ぶ
よっしゃんは　いつも　草を運ぶ籠を担いでいる
棒の前と後ろに

春になると蓮華を田んぼで刈る
でもその田んぼは　よっしゃんの家のものではない
地域の人は　よっしゃんがどの家の田んぼの蓮華を無断で刈り取っても　文句は言わない
よっしゃんの行為は　地域公認の共同黙認である

よっしゃんは　言わば　関所破りだが
しかし　誰にも嫌われてはいない

よっしゃんが棒を肩に
籠を前後に歩いていく姿は
みんなのなぐさめとなっている
季節の風物詩のような

けれども
子どもたちはそんな大人たちの世界の配慮など露知らず

よっしゃんを遠慮なくからから

よっしゃん　よっしゃん　どこ行くの？
今日は蓮華を刈りに行く　明日は菜の花刈りに行く
あさって　あさって　どこ行くの？
よっしゃん　よっしゃん　どこ行くの？
あさって向いて　どこ行くの？

子どもたちはよっしゃんの周りをはやし立てる
よっしゃんの先を行ったり　後をつけたりして

ときどき　よっしゃんは怒りを爆発させる

しかし　そのよっしゃんの怒り方は　何を言っているのか
何を言おうとしているのか　子どもたちにはよく分からない
どこか意味不明の　宇宙言語のような　不思議なことばで

あさっての方を向いてよっしゃんが怒るから
それを聴きたいばかりに　子どもたちはさらに囃し立てる
よっしゃんよっしゃんどこ行くの？
あさって向いてどこ行くの？

よっしゃんはしかし　もくもくと　あさってを向いて歩いていく

そんなよっしゃんのことをおもいだすと
ぼくはあまりのなつかしさのあまりになみだぐむ
よっしゃん　よっしゃん　どこ行くの？

よっしゃんがいてくれたからこそ　ぼくたちは　せかいのふしぎをし
　ることができた

わからないことのありがたさを　うけとめることができた
そんなよっしゃんのことをおもいだしては　てをあわせている

あくび

日増しに日が長くなる
それに合わせて鳥の鳴き声がにぎやかになる

あくびがでる
からだのおくから
からだのそこから
こころの井戸から
だいちのむねから

あくびひとつにもおくゆきがあるのだ
ひろがりがあるのだ
ふかみがあるのだ

あくび
あ　くび
あく　び
あ　く　び

ひとつひとつのひびきとことばを
あさひのなかで　なでてみる

最期の言葉

一人寄席の最中に
闖入者がやってきた

演題は
「式目」

村の中に大木があった
どこまでも伸びて天まで届いた
だから誰もが天と往き来することができた

天には天人たちがいた

天人は空を飛ぶことができた
もちろん　地には　地人がいて
空を飛ぶことはできないが
地を走り回ることはできた

天に往った地人たちは
天人たちのように空を飛び回りたかったが
それができないので
くやしがった

空を飛びたい！

地人たちの欲求は熾烈に燃え盛った
天に届く大木のてっぺんから

地人の一人が空を飛ぶと
次々に地人たちは　空に身を投げた
天人たちには　空を飛ぶためのもう一つの両腕があったが
地人たちには　それはなかった

二本の脚と　二本の腕

それだけで　空を飛んだ地人たちは
ただ　落ちていくしかなかった

次々と地人たちの死骸が大地に積み重なった
そして　その死骸の累積が天に届く大木と同じ高さになった

地人たちはみな墜落死したが
その累積は死んで天につながる橋となった

その橋を伝って　天人たちは　地に降りた
そして　地上のあらゆるいきものたちも
地人たちの死体の累積の端を辿って　天を旅した
今や　天は地上のいきものたちでいっぱいである

一人寄席の高座が終わった
闖入者は消えた

地人の最後の生き残りが　天から飛び降りた
「地上とは思い出ならずや！」
それが最期の言葉となった

大妣の文学者・遠藤周作に捧ぐ

地の涯てにあるというそこに魅かれていた

そこに
「沈黙の碑」と
〈 人間が
　こんなに
哀しいのに
主よ
海があまりに
　碧いのです 〉
ということばが

刻まれていた

そこは
地の涯　この世の果て
で
キリシタン信仰が上陸した最西端の地
であるが
じっさいには

「外海」と書いて
「そとめ」と呼ぶ

外目にはどう見えるか？
そして
内目にはどう見えるか？

そこは
「出津」と書いて
「しつ」と呼ぶ

SHITSUのことを
わたしは
悉とも
質とも
執とも
疾とも
呼んできた

東北には
志津
と書いて
「しづ」

と呼ぶ地名がある
うつくしい名前だ
「しづ」と濁音化するところに
東北の風土が反映する
西日本の「しつ」と東日本の「しづ」
「出津」と「志津」の交響

さて
「しつ」の「そとめ」のその土地の
西海に面する断崖の上に
この世の涯ての　涯ての果てに
長崎市遠藤周作文学館はある

いつからか　なにゆえか

われは遠藤周作が好きで好きで
彼の人柄も文学も好きで好きで
なぜこれほどあからさまにあっけらかんに好きだと言えるのか不思議なくら
いに好きで
われながら　呆れ　笑えるほどだが

そんなこの世の涯てに誘われて
遠藤周作文学館を訪ねたのだ
オホナムヂが須佐之男命のいる根の堅州国と訪ねていったように
いのちの帰趨に惹き込まれていったのだった

その遠藤周作が大好きなのがお母さんである
お母さんなしに遠藤周作は成り立たないのである

その遠藤周作のイエスは母なるイエスだ
と喝破したのが

遠藤文学を理解した
同じ慶應義塾大学出身の文芸評論家江藤淳だった

遠藤よ
江藤よ
えんえんとうよ！

そうであろう
そうであろうとも
そうであるにちがいなかろうとも

たしかに
遠藤の信仰の核心には　母がいる
ははがおる
おおははがいる
そして

実在の遠藤郁がいる

だから
遠藤の文学的故郷には「はは」がいて
その「はは」は
常世の国や根の国や妣の国の大妣ともつながっていて
その「大妣」を『古事記』は「伊邪那美命」と呼んだのだった

だから
遠藤周作の母の遠藤郁の向こうに大妣のいざなみを透かし見る

そして
遠藤のその「遠目」の中にスサノヲのまなざしを見る
この世の涯ての「外海」の「そとめ」でスサノヲとイザナミを視る
いのちの帰趨を透かし見るのだ

だから
そんな遠藤文学は
スサノヲ文学である
大妣を思慕する
スサノヲ文学にほかならない

　八雲立つ　出雲八重垣　妻籠みに
　　八重垣作る　その八重垣を

そのスサノヲ文学であることが　わたしを引っ張り　引き摺り　引き回す
　のである
そして
恥ずかしげもなく
泣かせるのである

遠藤はスサノヲを通して

ははを
そして
母なる神イエスを
大妣を抱く

そして
大妣に抱かれる

この世の涯ての　その果てで

「見つかった　何が？　永遠
太陽と手を取り合って往った海」
の
その永遠の海の大妣に
いだかれる

のである

わたしは
その地の涯ての
大妣の大ふところの「ラ・メール」というレストランで
カツカレー定食を食べたのだった

青い　蒼い　碧い　海を見ながら

はるのことわけに〜春分覚書

一葉　二葉　三葉　四葉

……しよう…………

と書いて　ふと　止まった

そう、ショウ、なのだ。

ショウが、モンダイ、なのだ。

ショウをどうするか？

仕様

試用
私用

枝葉末節にこだわっていては
使用価値を十全に表現しきることはできぬ

が、吾はショウにこだわることにした。

左様
ショウに徹底こだわるのだ

飼養にも止揚にも大いにこだわり
使用価値と市場価値を高めて
死様がないまでに　ショウを生きるのだ

一葉　二葉　三葉　四葉

一様　二様　三様　四様

ショウという語に
イヨウにこだわり
クヨウしなければ
是心を止揚できぬ

供養も異様も使用も全て
おまえさんのこころ次第

どうにでもなる
が
どうにもならぬ

そんな想いの沸騰に
春分け　春分のこの日

思い出すものがあった

わが父は三月三日生まれ
わが盟友大重潤一郎は三月九日生まれ
わが義母は三月十一日生まれ
わが義父は三月二十一日生まれ
そして吾は　三月二十日生まれである

父も義父も義母も大重もすでにこの世にはいない
この世のショウを越えたのだ
だが　彼らの委託を吾は享けている

また
石牟礼道子さんは義母と同じ三月十一日生まれ
遠藤周作さんは三月二十七日生まれ
そして吾はその間の三月二十日生まれである

その石牟礼さんや遠藤さんの委託は多くの人が受けている
われもおなじく
それをどう受けとめてショウするか

春分の前の日
彼岸の中日の前の日

その日
一九二五年三月二十日に梅原猛さんは生まれた
一九五〇年三月二十日にわが友後藤人基君も生まれた
梅の肚の武と　伍島の人基礎君が
どのようなあらみたまとにぎみたまをショウしたか、するか、

じつは、
三月二十日は、占星術では一年最後の日となる。

だから、その日の生まれは、一年の戸締まりをしなければならぬ。
最後の最期の引導を渡さねばならぬ。

なので、その人の人生行路はギクシャクする。
ジグザグになる。
波乱万丈とも？
分裂的とも？

占星学的には、その日生まれを「涙の二十九度」と呼ぶらしい。
嗚呼！

春分という　春の事分けの　大いなる節目の前に

それは　けっこうしんどいショウである　と言われている
新しい扉を開くには希望と勇気が要るが
最後の扉を閉めるのは諦めと覚悟が要る

収支決算

バランスシートの仕様を確認せねばならぬから
吾らはどれだけの負債を負っているか?
どこに　どのような　損失をもたらしたか?
そもそも　その損失とは　負債とは　どのようにして発生したのか?
その帳尻をきっちりと始末して　新しい扉を開く用意をせねばならぬ

最後の最期の後始末
これはけっこうたいへんです
わたしにはさいごのとびらをしめるちからなどありません

しかし　犬も歩けば棒に当たる　捕らぬ狸の皮算用の
犬棒＝トラタヌ人生をあるいてきた吾は
自他ともに認めるムテッポウだから

何をしでかすかわからぬ
何をショウするか分らん

最後の最期に何をするか
何をしでかすか
そんなことはいっぽうめっぽうさんぽうしほうも判らぬが
しかし最後の最期　バク転三回を決めておきたい

一つバク転　天のため
一つバク転　地のため
一つバク転　人のため

一九八六年三月二十一日
その年の彼岸の中日の朝
吾は七面山の山頂で　富士山の真芯から昇ってくる朝日を見た
そして　富士山と朝日を包み込む大円周の虹を見た

生涯に一度だけ

富士山と朝日を包む大円周の虹は
その朝　吾が心をも体をも包み
吾は魔をほどくことができた
魔を脱することができた
真のマヌケ　魔抜け　となった

そのマヌケが真貫けとなって　春の事分けの朝にしたためる
遺書ではないが　まちがいなく　ひとつの意書を
この叡山の麓の一乗寺の居所で
為諸の扉を閉めて開ける

ひらけ　ごま！
と

雨

夜明け前
雨の中をあるく

てくてく
ぽくぽく
もくもく
と

誰にも会わないが
鳥さんと木さんには逢う

神さんにも会う
鳥さんの鳴き声が日々異なる
時《じ》時《じ》異なる

暗がりから薄靄が立ち上る
海のような
湖のような
池のような

ぼくは
その海の中で人魚となっておよぐ
ぼくはにんげんではなく
さかなだ

いや　とりだ

いや　あるく木だ

いや　池だ

そう

何でもよいのだが
何にでも成るのだ

宇宙は何でも有りなのだ
有難う

雨は心の池を映し出す

火伏せの山

火伏せの山として知られる霊山
そは　火を隠し持つ聖山

人を寄せつけぬ険しさと激しさ
けれど　人を魅了してやまぬ神秘

そこに　どのような火が燃えているのか？

火を吐く恐竜のような荒ぶる山の烈火
赤い蛇体のように流れ落ちる溶岩
樹木を焼き尽くす山火事の火

悩める心を激しく焼き焦がす火
人と人との間にあたたかに灯る火

いろんな火があるのだ
多様な火の多様な顕われがあるのだ

母は言った
災難が起こるから火打ち石を持て！

父は言った
災難を乗り越えるために火打ち石を打て！

吾は言う
災難を受け止めるために火打ち石を配れ！

汝は言う

災難の後を生きるために火打ち石を隠せ！

さまざまな火の処方がある中で
火伏せの山はそのどれにも生成変化する

そは　火を秘め持ちながらも　火を抑えることもできる山
火を鎮めるための天地の清水を満々と湛える山

そんな　火伏の山に　わたしはなりたい

あとがき

十代のころは、詩を書いていることが恥ずかしかった。武道少年であったはずの自分が、いつのまにか、文学少年になっていた。一九六八年三月、十七歳になりたての春に、十日間ほど四国・九州の自転車一人旅をした後、突然、火山が噴火するように詩を書きはじめたのだった。そして、いつしか、詩を書くことが日常となり、もっとも重要な日課となっていた。だが、そのことを人に知られるのも、人に言うのも恥ずかしく、ひたすら隠していた。恥ずかしさのあまりに。

二〇二二年二月二十三日、定年少し前の七十歳になって、突然「吟遊詩人」となって能の「諸国一見の僧」のように全国を行脚すると宣言して、兵庫県在住の詩人の福田知子さんのプロデュースで、たつの市で地元の詩人たちと「詩と笛の三日月ライブ」と題する詩の朗読会&神道ソング歌唱のイベントをしてもらった。福田知子さん、ありがとう！

「たつの」は日本有数の醤油の町でその名も「龍野」であり「立つの」だから、自分の吟遊詩人のスタート地点としてピッタリだと思ったのだった。

人生というものは、あるいは老化というものは、凄いことなのだろうか？　臆面もなく「吟遊詩人」を自称するようになるなんて。十七歳のときには考えられなかった厚顔無恥である。恥ずかしくて「詩」を書いているとか、「詩人」であるとか、一切言えなかった十代・二十代の自分を考えると考えられないほどの変化である。それどころか、今こそわたしは先陣をきって「吟遊詩人」の文化を復興したいと本気で考えているのだから、時を経て、変われば変わるものである。

ともあれ、「たつの」イベントを皮切りに、サードアルバム『絶体絶命』(Moonsault Project、二〇二二年七月十七日リリース)と第四詩集『絶体絶命』(土曜美術社出版販売、二〇二三年五月三十日)を持って、金沢、新潟、北海道(旭川・札幌・函館)、横浜と、吟遊詩人の旅を続けているうちに、十月の末に異様な腹痛と腹鳴りが起こり、急速に体調が悪化した。そしてそれが、ステージⅣの大腸がんであることがわかった。

がんを告知された翌日、医師にイレウス(腸閉塞)リスクを聞かされていたが、上京して中野でライブリハーサルをし、翌々日の十二月十八日に碑文谷のライブハウス「APIA40」で、五十席満員御礼と「絶体絶命」フルバンド五人編成(ゲストフルート奏者一名)の九十分十五曲の一世一代のライブを敢行したのだった。医者からすれば無謀だったかもしれない。しかし、それを成し遂げなければ死んでも死にきれないと本気で思っていた。そのときのライブは以下のyou tubeですべてを公開している(絶体絶命レコ発ライブ全公開　二〇二二年十二月十八日@東京・碑文谷APIA40：https://youtu.be/HF6auvkahpA)。

がんを宣告されたとき、動揺はなかった。むしろ、来るべきものが来た、と覚悟が定まった。それどころか、勇気のようなものが湧いてきた。ステージⅣの大腸がん(上行結腸癌、盲腸癌)

になった経緯と術後の経過やその間の活動についてはだいたい次のようなものである。

1、二〇二二年十月二十八日夜、夕食後しばらくして、突現お腹が膨らみ、不快感と痛みとともに腹部がグルグル鳴った。妻もその腹部の腹鳴りを聞いて、「おかしいね？　食中りかなあ。そんな変なものを食べた訳ではないのに」と言った。その日、午後から比叡山に登拝していたが、特に変わったことはなかった。比叡山登拝は八一三回目だった。（東山修験道八一三：https://youtu.be/1cDVWfHDX-s）

2、食中りか何かと思って様子見し、安静にしていると少しよくなるが、また食後に腹部の膨張感やグルグルと鳴る音が止まず、かかりつけ医で診てもらった（都合三回診察してもらい、血液検査も検便もしたが、腫瘍マーカーにも異常はなかった）。

3、が、それでもよくならないので、十月末にかかりつけ医の紹介で京都市左京区の総合病院バプテスト病院で胃カメラ検査をしたが、そこでも異常は見つからなかった。

4、しかしそれでもよくならないので、十二月十六日に再度バプテスト病院の消化器内科で診てもらい、ＣＴスキャンをすると大腸がん（上行結腸癌、盲腸癌）が発見された。その頃はステージⅡかⅢという見立てだった。腸閉塞（イレウス）リスクが高いとも言われた。

5、が、翌十二月十七日に「絶体絶命」ライブのリハーサル（東京都中野）、翌十八日にイレウス覚悟で碑文谷の「ＡＰＩＡ40」で五人編成のライブを行なった。終了後すぐに京都に戻り、翌十九日入院、精密検査を受けた。そして、二十一日にいったん退院した。

6、十二月二十七日に精密検査の結果、やはり、大腸がんであることが確認され、検査結果と手術計画を確認した。その結果、消化器外科部長で副院長の木下浩一医師が主治医となって、二〇二三年一月十一日に手術することが決まり、年末年始は自宅で過ごすことになった。

7、その年末年始の間、一歩も外に出ず、『悲嘆とケアの神話論―須佐之男・大国主』（春秋社、二〇二三年五月三日刊）の原稿を完成し、一月四日に春秋社に原稿を送った。

8、一月十日に再入院し、翌十一日手術が終わった。リハビリが始まり、順調に回復していると思いきや、乳糜腹水という合併症となり、二週間の入院が一ヶ月に延長することになった。その間、二週間の絶食療法（これが一番きつかった）をした。その間、オンラインで上智大学グリーフケア研究所大阪の「スピリチュアルケアと芸術」の授業（二コマ百八十分）を二回こなし、詩を書き続けた。この間、病院内のチャプレンの宮川裕美子牧師が何度も病室（個室）を訪ねて来てくれて対話を重ねることができた。入院中に第五詩集『開』（土曜美術社出版販売、二〇二三年二月二日刊）ができたので、木下主治医や宮川牧師に献本した。

9、二月八日に退院。退院後も、詩を書き続け、本詩集『いのちの帰趨』（港の人、二〇二三年七月二十二日刊、故大重潤一郎監督の命日）にまとめようと考えた。

10、二月十六日、PET検査。十九日の退院後の初診察で、大腸がんが肺に一ヶ所、肝臓に七ヶ所、臍下のリンパ節に一ヶ所、転移があることがわかり、ステージⅣであることを主治医から告げられた。

11、二月二十日―二十一日に「顕神の夢」展の作品出品のため上京、同二十六―二十八日ふたたび東京出張。後者は第五回いのちの研究会のセミナー（慶應義塾大学医学部&付属病院のある信濃町キャンパスで開催）でステージⅣのがんのことも話しながらコメンテーターの役割を果たした。特に後者は二月二十五日から抗がん剤治療（標準治療）を始めた翌日の上京だったので不安はあった。副反応はしっかり出た。手先や足先や唇のしびれや寒さによる顔面硬直など。

12、三月八日―十日、小倉と長崎を訪問。小倉では一条真也氏と『神道と日本人』をテーマに対談（同タイトルで、現代書林から二〇二三年九月頃刊行予定）、その後長崎に向かい、念願の「長崎市遠藤周作記念館」訪問。（小倉・長崎・遠藤周作文学館　二〇二三年三月八日―十日：https://youtu.be/FY4D9zZ3Er4）

13、抗がん剤治療二クール目の三月三十日―四月一日東京出張。友人のデザイナー河合早苗さんのプロデュースしたドキュメンタリー映画「フィシスの文様」試写会を渋谷のKINOHAUSの映画美学校試写室で観、春秋社の担当編集者と打ち合わせをした。

14、四月六日三クール目の抗がん剤治療始まるが、九日―十日にホリスティックヘルス情報室やソマティック心理学の面々を比叡山や清水山に案内。結局、退院後三日目の二月十一日に比叡山登拝を果たし（東山修験道八二七二：https://youtu.be/yVBJl_e50Zw）、四月二十日現在までに十七回登拝している。（最新は四月二十日、東山修験道八四四　四月二十日：https://youtu.be/ySpVxVY1iVc）

がんになって、わたしは悲嘆（Grief）を感じたことはない。むしろ、感謝を強く感じ、いっそう覚悟が定まり、死ぬまで「遊戯三昧」で行きたいと思う。琵琶法師や諸国一見の僧やフーテンの寅さんならぬ「ふーてんの東さん」として、「諸国一見のガン遊詩人」として、「諸国」を行脚していきたいと思っている。

詩人については、これまで三人の預言者的先達の言葉を肝に銘じてきた。

詩人とは人の世に涙あるかぎり、これを変じて白玉の言葉となし、言葉の力をもって神や魔をもよびうる資質のものをいう。
(石牟礼道子「こころ燐にそまる日に」大鹿卓『新版　谷中村事件―ある野人の記録・田中正造伝』解題、新泉社、二〇〇九年)

詩人の存在意義というのは、太古からの人間の普遍的な体験を言葉で表現するところにある。
詩人は彼個人の哀しみや歓びを、それが人間的普遍性をもつような形に凝固させなければならない。詩人の魂には、その民族、その宗教、いえ、全人類の集合的記憶が蓄えられている。
(トマス・インモース『深い泉の国「日本」―異文化との出会い』加藤恭子共著、春秋社、一九八五年)

詩人というのは、世界への、あるいは世界そのものの希望《ヴィジョン》を見出すことを宿命とする人間の別名である。

（山尾三省『アニミズムという希望――講演録・琉球大学の五日間』野草社、二〇〇〇年）

そのような「詩人」でありたいとねがい、つとめてきた。けれども、そのような「詩人」であるかどうかは、わからない。この詩集などを読んだ読者がしかと判断してくださるだろう。
ところで、最近、ヘルダーリンの詩を読んでいて気づいたことがある。それはヘルダーリンが一七七〇年三月二十日生まれであることだった。「はるのことわけ」に書いたように、梅原猛さんも後藤人基君もわたしも同じ日に生まれた。それにより、なぜか一挙にヘルダーリンの詩がよくわかるようになってきた。特に、『ヒュペーリオン』など、自分で書いたものであるかのような錯覚に陥った。不審に思われるなら、また不遜だと思われるなら、ヘルダーリンの『ヒュペーリオン―希臘の世捨て人』（渡辺格司訳、岩波文庫、一九三六年）とか『ヘルダーリン詩集』（小牧健夫・吹田順助共訳、角川文庫、一九五九年）と拙著『悲嘆とケアの神話論』（春秋社）の「神話詩」を読み比べていただきたい。わたしはヘルダーリンの「詩人」観や「詩心」や「詩想」との共通性にしんそこおどろいていたのだ。
ヘルダーリンは、次のような「詩人」観を表明している。

だがわれらに相応しいのは、おお、詩人たちよ！
神の雷雨のただ中に、頭《こうべ》を曝して立ち、
父の光を、それそのものを、手ずから
摑み、そして歌にくるんで

民に天の賜物を頒つことである。
（ヘルダーリン「あたかも、祭の日の……」土田貞夫・竹内豊治共訳、『ヘルダーリンの詩の解明（ハイデガー選集Ⅲ）』七十六―七十七頁、理想社、一九六二年）

これを読んだとき、慄然とした。「神の雷雨のただ中に、頭を曝して立ち、／父の光を、それそのものを、手ずから／摑み、そして歌にくるんで／民に天の賜物を頒つ」という感覚に何とも言えぬ共感を通り越した「狂（喜）感」を抱いたからだ。ここに自分と同類の「詩人」がいる、というような感じ。この中で異なるのは、「父の光」というところだけである。わたしの場合、それは「大妣の光」であり「自然の光」であって、「父」と特定できるものではない。

しかしながら、「神の雷雨のただ中に、頭を曝して立ち」というのは、十七歳で青島を訪れ、その衝撃で火山弾を吐き出すように詩を書き始めた自分の感覚を絶妙の表現で言い表わしてくれていた。うれしかった。これを読んで。自分は一人（独り）ではない、としんそこ思った。それを読んで感動していたときには、ヘルダーリンが三月二十日生まれであることは知らなかったが、誕生日が同日であることを知ってさらに納得がいった。

自治医科大学名誉教授の精神科医の加藤敏さんは「狂気内包性精神病理学」（『精神医学史研究』Vol.24、二〇二〇年六月発行）と題する論文の中で、ヘルダーリンの上記の詩に対して、〈この詩で述べられる「神の雷雨」にさらされるという事態は、強度の高い存在が立ち現れて詩人に押し付けられ、詩人がこれに所有されるということを指し示す。詩人にとってこの強度の高い存在の圧倒は不安や恐怖のなか彼を魅惑し、享楽をもたらす。『存在と時間』以後、ハイデガーのひとつの鍵言葉となる「聖なるもの」は、「恐るべきもの」であるという様相をもって立ち現れる強度の高い存在を指し示す。／精神医学の見地からすれば、こうした在り方は、統合失調症急性期の世界変容に通じる。ヘルダーリンは月並みな患者とは異なり、急性期の体験のなかにあって、これから逃げようとせず、逆にそこに敢えて踏みとどまろうと務め、強度の高い存在の突出を言葉によって首尾よく捕りおさえる。これがヘルダーリンの詩作にほかならない。〉（八十三頁）からという解釈を与えている。

わたしも自分が統合失調症的な人間であることは重々自覚してきたので、このことは身をつまされる感覚でよくわかる。しかし、わたしには神仏というか何か超越的な力でマンダラ的に「統合」されるものがあるために、統合失調症であるわけではない。にもかかわらず、統合失調症の症例分析などを読むと、自分のことのようによくわかるのだ。

ハイデガーは前掲書の中で、「詩人とは外に投げ出されたもの――即ち、神神と人間との間のその中間に投げ出されたものである」（六十七頁）とか、「詩人は聖なる夜に国から国へとさすらいゆくバッカスの神の聖なる司祭の如きもの」（七十頁）、「根源の近くへ来る」（三十頁）など述べている。（『ヘルダーリンの詩の解明〔ハイデガー選集Ⅲ〕』手塚富雄・齋藤信治・土田貞夫・竹内豊治訳、理想社、一九六二年）これまた「吟遊詩人」を自称するようになったわたしにはよくわかる。

そんなこんなで、「あとがき」が異様に長くなって申し訳ないが、この詩集をまとめながら、十七歳から「吟遊詩人的ガン遊詩人」の今までの自分自身の歩みの本質というか本性がよく見えてきたような気がする。そのような機会を与えていただいたのは、ＮＰＯ法人東京自由大学理事・運営委員の今井章博さんと港の人の上野勇治さんである。上野さんがこの詩集の出版を引き受けてくれなかったら、これは日の目を見ず、ひっそりと私家版でわたしの周囲にのみＰＤＦで配信されただけにとどまっていただろう。

だが、たいへんありがたいことに、今井さんと上野さんの絶大な協力でこのように世に出ることができた。「神の雷雨のただ中に、頭を曝して立ち」つくしているわたしには、ただただ感謝の言葉しかない。これらの詩篇は、入院中と退院後の二〇〇三年一月十七日から三月二十一日（春分の日）までに書いた三十篇（二十篇は入院中、十篇は退院後）で、ほとんど推敲もしていない、そのままの「素」の詩篇である。読者のみなさまのこころとたましいにとどくことをこころからねがっている。

二〇二三年四月二十日　鎌田東二拝

春さきの　その先までも　行き着くと
　この世の涯に　往けるとおもう

鎌田東二（かまた・とうじ）
一九五一年徳島県生まれ。詩人、神道ソングライター、石笛・横笛・法螺貝奏者。宗教学・哲学。京都大学名誉教授、天理大学客員教授。ＮＰＯ法人東京自由大学名誉理事長、一般社団法人日本臨床宗教師会会長などを務める。著作は多数あり、最新刊に『悲嘆とケアの神話論—須佐之男と大国主』（春秋社、二〇二三年）。

詩集
第一詩集『常世の時軸』（思潮社、二〇一八年）
第二詩集『夢通分娩』（土曜美術社出版販売、二〇一九年）
第三詩集『狂天慟地』（土曜美術社出版販売、二〇一九年）
第四詩集『絶体絶命』（土曜美術社出版販売、二〇二二年）
第五詩集『開』（土曜美術社出版販売、二〇二三年）

いのちの帰趨《きすう》

二〇二三年七月二十二日初版第一刷発行

著者　鎌田東二
装幀　西田優子
発行者　上野勇治
発行　港の人
〒二四八―〇〇一四
神奈川県鎌倉市由比ガ浜三―一一―四九
電話〇四六七―六〇―一三七四
ファックス〇四六七―六〇―一三七五
www.minatonohito.jp

印刷製本　シナノ印刷

ISBN978-4-89629-422-4 C0092